GALOCHE

UN CHAT DANS LA GORGE

Catalogage avant publication de Bibliothèque et Archives nationales du Québec et Bibliothèque et Archives Canada

Brochu, Yvon

    Galoche un chat dans la gorge

    (Galoche ; 7)
    Pour les jeunes de 8 à 12 ans.

    ISBN 978-2-89591-047-3

    I. Lemelin, David. II. Titre. III. Collection : Brochu, Yvon. Galoche ; 7.

PS8553.R6G35 2007   jC843'.54   C2007-941125-8
PS9553.R6G35 2007

Tous droits réservés
Dépôts légaux: 3e trimestre 2007
Bibliothèque nationale du Québec
Bibliothèque nationale du Canada
ISBN: 978-2-89591-047-3

© 2007 Les éditions FouLire inc.
4339, rue des Bécassines
Québec (Québec) G1G 1V5
CANADA
Téléphone: 418 628-4029
Sans frais depuis l'Amérique du Nord: 1 877 628-4029
Télécopie: 418 628-4801
info@foulire.com

Les éditions FouLire remercient la Société de développement des entreprises culturelles du Québec (SODEC) pour son aide à l'édition et à la promotion.

Gouvernement du Québec – Programme de crédit d'impôt pour l'édition de livres – gestion SODEC.

Les éditions FouLire remercient également le Conseil des Arts du Canada de l'aide accordée à leur programme de publication.

   BIO GAZ ÉNERGIE

100 %

Imprimé avec de l'encre végétale sur du papier Rolland Enviro 100, contenant 100 % de fibres recyclées postconsommation, certifié Éco-Logo, procédé sans chlore et fabriqué à partir d'énergie biogaz.

IMPRIMÉ AU CANADA/PRINTED IN CANADA

GALOCHE

UN CHAT DANS LA GORGE

YVON BROCHU

Illustrations
David Lemelin

ÉDITIONS FouLire

Quand moi, Galoche, je m'ennuie,
je me tourne vers mon Émilie
au lieu de me tourner les griffes ;
chaque fois, d'un coup de griffe magique,
elle tourne mon ennui en ridicule !
Génial, non ?

N'oublie pas qu'il me fait toujours plaisir
de t'accueillir dans ma cyberniche
www.galoche.ca

La Famille Meloche

ÉLOÏSE LA GRANDE DIVA

SÉBASTIEN MONSIEUR-JE-SAIS-TOUT

MARILOU LA TRISTE SOUS-MINISTRE

FABIEN UN BIEN BON GARS

MOI GALOCHE SUPERCABOCHE

ÉMILIE MA DOUCE

COMME CHIEN ET CHAT

Moi, Galoche, je fais le guet près du fauteuil de Marilou, dans le salon. Depuis maintenant une heure, je n'ai pas bougé d'un poil. Et je n'ai pas fermé l'œil une seule fois... W-ouf! Pour un chien, cela tient de l'exploit, si tu veux mon avis.

Nous sommes vendredi, il est 19 h. En ce début de fin de semaine automnale, tout humain dit normal vaque à des occupations liées aux loisirs... sauf, bien entendu, Marilou, la mère d'Émilie, qui a un autre rapport à corriger. Elle est sous-ministre et, comme d'habitude, elle doit remettre ledit rapport de toute urgence à la ministre, sa patronne. Ah! rien que de penser à la ministre, une femme détestable, j'en ai les crocs qui grincent, foi de Galoche!

Heureusement, je parviens rapidement à effacer de ma tête cette antipathique dame et à reprendre mon rôle de bon chien de garde. Pas question de laisser personne approcher Marilou. J'ai décidé d'obtenir son respect et, qui sait, peut-être même son affection. Encore faudrait-il qu'elle s'aperçoive que je suis là!

Je jette un regard vers la sous-ministre, qui n'a pas tourné la tête vers moi une seule fois. J'essaie de demeurer confiant et raide comme une barre. Il me faudra beaucoup de persévérance : surtout que je suis bien décidé à faire tout ce qui est *caninement* possible pour devenir un vrai ami de Marilou, d'Éloïse, la grande sœur d'Émilie, et de son frère Sébastien, Monsieur-je-sais-tout. Oui, tu as bien lu. Non, tu n'as pas la berlue : je désire amadouer ce trio infernal qui me rend la vie si difficile dans la famille Meloche. Comme tu vois, j'ai décidé de commencer par Marilou, mon problème numéro un : entre nous, c'est comme chien et chat…

Pourquoi vouloir me rapprocher d'eux ? W-ouf ! Je dois te dire que je traverse une crise typiquement humaine : je suis en manque d'attention, d'affection… bref, je suis légèrement dépressif, ces temps-ci. À force de côtoyer les *deux pattes*, la bonne humeur qui caractérise ma race semble s'effriter un peu plus chaque jour chez moi. Je suis morose. J'ai très peu le goût de mordre dans la vie humaine. Et pour tout t'avouer, je traîne ainsi de la patte depuis que je sens ma Douce s'éloigner de moi. Je la vois de moins en moins.

« Woooouf ! Où es-tu, Émilie ? »

Encore ce soir, j'ignore même où ma meilleure amie se trouve. D'habitude, la fin de semaine, nous vivons des moments privilégiés, elle et moi: visite chez les amis d'Émilie, randonnée au parc, partie de soccer et tant d'autres activités communes...

«Woooouf! Que fais-tu, Émilie?»

Ce soir, ma sensibilité est à fleur de poil...

«Wooooouf! M'aimes-tu toujours, ma Douce?»

À force de faire le guet comme un piquet, j'ai les pattes engourdies et les fesses endolories. Mais quoi de mieux que de jouer le garde du corps pour impressionner Marilou? Je l'ai déjà vue en pâmoison devant un humain bizarre, tout de rouge vêtu, presque sans visage, avec un chapeau noir tout poilu, tenant un long fusil pointé vers le ciel dans une main; il faisait

le guet devant une très haute niche
– d'autruche, m'a-t-il semblé.

– Il m'épate, ce garde du corps ! s'est
exclamée la sous-ministre. Comment
fait-il pour ne pas bouger d'un poil, sous
ce soleil torride ? Et quelle belle tête !

Bon, d'accord, ici, dans le salon des
Meloche, le soleil est absent ; mais
Marilou a tout de même son propre
garde du corps tout de poil, des griffes
à la tête, qui ne bouge toujours pas d'un
poil : ce n'est pas rien, misère à poil ! Et
moi, je n'attends que le moment propice
pour me faire valoir. Le coin de l'œil en
alerte, je surveille de nouveau la sous-
ministre : petite rature, petite lecture,
petite gorgée de thé vert avec le petit
doigt en l'air...

POW !

Non, ce n'est pas Marilou qui vient de
m'assommer avec son énorme rapport
ministériel ; il s'agit plutôt du tonnerre.
Il résonne très fort jusqu'à l'intérieur,

car les petites fenêtres du bas de la grande baie vitrée sont toujours gardées ouvertes : de quoi assurer à la sous-ministre la fraîcheur nécessaire pour rédiger de bons rapports. Et gare à qui les ferme, même en hiver!

– Quel temps de chien! laisse échapper la mère d'Émilie, avec beaucoup de tact...

Dehors, il pleut de grosses gouttes qui frappent durement la baie vitrée du salon; dans ma tête, il pleut de gros doutes qui frappent durement mon espoir de voir Marilou se rendre compte d'abord de ma présence, ensuite de mon travail de garde du corps. Peut-être, finalement, aurais-je préféré un coup de rapport sur la tête qu'un coup de tonnerre...

POW! POW!

Et moi qui suis toujours en état de choc par temps d'orage, je serre les crocs, je résiste à ces tremblements de peur qui m'assaillent, et je ne bronche pas. Un peu plus et je me donnerais une médaille…

– Merde! maugrée Marilou.

Ah! les humains! Ils ont le don de faire de gros mots avec de tout petits maux.

D'un coup sec, je me retourne, le temps de voir le thé couler sur la blouse de Marilou. La mère d'Émilie se lève et se précipite vers la cuisine. En bon garde du corps, je la suis. Mes pattes sont à demi paralysées. Impossible de marcher normalement. Je me déplace par petits bonds. J'ai la sensation de m'être transformé en kangourou.

– Ah! quelles cruches, ces fonctionnaires! bougonne Marilou, y allant d'une autre rature sur son document avant de le déposer lourdement sur la table.

Ce rapport semble davantage la terroriser que les filets de thé vert parcourant son vêtement, qu'elle tente maintenant de nettoyer. Elle les éponge avec le premier linge trouvé sur le comptoir.

– Ouaaaache! hurle-t-elle.

Mes yeux s'ouvrent grands comme les tasses de porcelaine *made in England* qu'utilise Marilou. J'aperçois les courants de thé vert se gonfler sur sa jolie blouse et devenir des rivières d'un beau bleu bleuet.

– Ah! Sébastien et ses folles expériences scientifiques! s'exclame la sous-ministre, le visage rouge père Noël. Quand est-ce qu'il va comprendre qu'il ne doit pas essuyer ses éprouvettes avec le linge à vaisselle?

En garde du corps peu inventif, je lance un regard compatissant vers Marilou, qui ressemble à une aquarelle ambulante. En colère, la sous-ministre fonce vers l'escalier. Soucieux de préserver ma propre vie, je m'esquive juste avant qu'elle ne m'écrabouille et la regarde s'en aller.

– SÉ-BAS-TIEEEN !!!

Quelques coups de tonnerre et de semonce plus tard, je continue d'écouter attentivement les pas de la sous-ministre, qui se promène toujours à l'étage. Un vrai bulldozer ! Je l'entends qui quitte sa chambre. Et moi, encore dans la cuisine, je suis tout excité : comme mon rôle de garde du corps ne semble pas l'impressionner du tout, je viens d'imaginer un plan génial pour m'attirer sa sympathie. Je me soulève sur mes deux pattes arrière et place les deux pattes de devant sur le rebord de la table. J'ouvre grand la gueule. « Misère à poil, il est bien épais, ce rapport ministériel… »

J'agrandis encore la gueule – j'en ai les mâchoires qui craquent et les babines qui s'étirent comme si elles voulaient jouer au bungee. Enfin, je parviens à prendre le fameux document en sandwich, entre mes crocs. Je recule par petits bonds et laisse mes deux pattes de devant retomber au sol, au ralenti – de toute beauté ! J'imagine déjà le sourire de Marilou quand je lui remettrai son rapport, au bas de l'escalier.

Soudain, je sens les feuilles qui se mettent à glisser de tous côtés. Le paquet bouge dans ma gueule qui, elle, joue au yo-yo et à la girouette, simultanément, pour éviter la catastrophe. Je flaire un vent de malheur.

IVG! Improvise vite, Galoche!

Comme d'habitude, dans la tourmente, une brillante idée émerge de mon cerveau: avant de tout échapper, courir vers Marilou!

Sans faire ni wouf ni waf, je bondis vers le vestibule. Hourra! La sous-ministre est déjà au bas de l'escalier! Je fais un dernier bond. Catastrophe! La victoire m'échappe: les feuilles s'envolent devant moi. Atterré, je les regarde atterrir, une à une, tout autour de Marilou. Et comme chez les humains un malheur ne vient jamais seul, à cet instant précis, Fabien, le grand-gros-barbu-de-père d'Émilie, entre dans la maison.

– Quel temps! Les feuilles volent part...

Le vol de dizaines de feuilles blanches dans sa propre maison le rend brusquement silencieux; encore davantage quand il constate la blancheur du visage de sa douce moitié.

– Qu... qu... que se passe-t-il?

Marilou garde la bouche ouverte sans qu'aucun son n'en sorte; je crois que je l'ai un peu ébranlée.

– C'est quoi, ça? fait Fabien, en pointant les dernières feuilles qui zigzaguent un moment avant de venir mourir sur le sol.

Je suis redevenu raide comme une barre.

– Ça?... C'est mon rapport pour la ministre.

– Qu'est-ce qu'il fait par terre?

– Demande à... TON BOOOON CHIEN, comme tu dis!

Le père d'Émilie me jette un coup d'œil. D'un seul regard, il saisit mon désarroi. Il tente alors de m'épargner les foudres de sa charmante épouse.

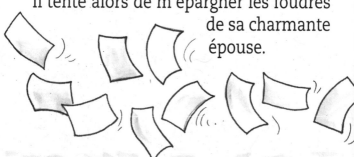

– J'ignore comment Galoche a fait son compte, mais c'est...c'est pas si grave. Je vais toutes les ramasser.

– Et toutes me les remettre dans l'ordre ?

Fabien ramasse quelques feuilles.

– Mais... elles... elles ne sont pas numérotées ?

– NON !

– Euh... je peux peut-être quand même...

– NON !

– Mais on pourrait...

– NON !

– Bon..., murmure Fabien, mal à l'aise devant une Marilou au bord de la crise de nerfs. Je... je...

je ferais mieux d'aller louer un film au vidéoclub du coin.

Le père d'Émilie, tout penaud, laisse tomber les quelques feuilles qu'il tenait dans ses mains et ressort en coup de vent.

Moi, Galoche, je reste là, sans *jappe*, me disant que pour la mère d'Émilie je ne serai jamais autre chose qu'un numéro : un gros zéro !

Depuis un long moment, la sous-ministre me fixe d'un air mauvais. Ses yeux sont énormes et tout ronds. J'ai l'impression de voir deux gros zéros… Ses mains tordent les feuilles qu'elle a ramassées. Je suis certain que Marilou souhaiterait plutôt me tordre le cou. J'ai la mauvaise impression que, cette fois, la sous-ministre va vraiment m'asséner un coup de rapport sur la tête. J'ai déjà mal partout…

– Toi, vieille sacoche, disparais de ma vue avant que je t'étripe !

W-ouf ! Quel soulagement !

Sur le bout des griffes, je me dirige vers l'escalier. Je me fais petit, petit, petit en passant devant la mère d'Émilie et je monte les premières marches. Du coin de l'œil, je surveille tout de même Marilou. Je la vois se laisser choir lourdement dans son fauteuil. Oh, horreur ! Le bras du fauteuil accroche la petite table à ses côtés et fait tomber sa jolie tasse de porcelaine par terre. Rouge comme une tomate, Marilou se relève et se met à quatre pattes pour ramasser les morceaux ma/de i/n Eng/land. Le museau entre les barreaux de l'escalier, j'assiste à la scène, mais je n'ai pas le temps d'en rire dans ma barbiche, car la mère d'Émilie lève les yeux vers moi, Galoche. Je prends la poudre d'escampette.

Il va sans dire que ma carrière de garde du corps vient de prendre fin.

Les oreilles, le museau et le moral bien bas, je me dirige vers mon seul vrai refuge dans cette maison : la chambre d'Émilie.

– Aïe ! Ouille ! Ouche !

Des cris de douleur me font brusquement appuyer les griffes sur le plancher de bois franc. Je freine juste devant la porte de la chambre d'Éloïse. « Que se passe-t-il là-dedans ? » Aux aguets, je pousse doucement la porte à l'aide de mon museau. Je suis frappé de plein fouet par la scène qui se déroule devant moi : UN JEUNE VOYOU EN VESTE DE CUIR FAIT DU MAL À ÉLOÏSE ; IL TIENT SON BRAS DROIT DANS SON DOS ET LUI LANCE DES INSULTES HORRIBLES !

Les poils me dressent sur tout le corps. Quel choc de voir ainsi la grande diva, à genoux, le nez et les vêtements ensanglantés, se tordant de douleur !

– Aïe ! Ouille ! Ouche !

« Courage, Galoche ! que je me dis.

C'est le temps ou jamais de montrer que tu as l'étoffe d'un vrai garde du corps et de faire d'Éloïse une alliée pour le reste de ta vie!»

Sans songer au danger, bravement, je fonce droit vers le dur à cuire. Le choc doit être solide: je veux profiter de la surprise pour le renverser d'un coup et libérer Éloïse de son emprise. Par bonheur, le voyou n'est pas grand. Il est même plutôt petit! En pleine course, j'appuie sur mes pattes arrière et je m'envole. Décelant ma présence, le monstre se tourne vers moi. Trop tard! Je l'atteins en pleine poitrine: un boulet d'une tonne de poils!

– Galoche, t'es fou ou…

BOUM! Le monstre tombe à la renverse, et j'atterris par-dessus.

Quelle frappe du tonnerre! J'ai l'impression que ma tête va s'émietter, comme la tasse de porcelaine de Marilou.

Quelle chute! J'ai heurté si fort le voyou que sa longue chevelure noire lui recouvre maintenant tout le visage. Il ne bouge pas. Est-il assommé?... Comme un bon garde du corps, je porte mon regard sur ma gauche pour vérifier si Éloïse, la victime, va bien. Étonné, je vois la caméra de Fabien dans le coin de la chambre. Une lumière rouge est allumée. «Elle fonctionne?» Soudain, mes narines captent une forte odeur de tomate pourrie. Mon estomac fait un tour périlleux. Je tourne un peu plus la tête. Catastrophe! Cette senteur nauséabonde semble provenir de la pauvre victime.

– Qu'est-ce qui te prend, vieille sacoche? hurle la diva, me jetant un regard encore plus acide que toutes les tomates de la terre.

On croirait entendre Marilou; mais c'est bien Éloïse, celle-là même à qui je viens de sauver la vie. Alors, pourquoi ces yeux méchants ? Pourquoi ce surnom insultant, d'habitude utilisé par la sous-ministre ?

– Galoche, espèce de sans-dessein ! lance à son tour une voix en colère, sous la longue chevelure qui s'élève soudain dans les airs.

– Qu'est-ce qui t'a pris de sauter sur Sébastien ? rage la diva, de son côté.

Sur qui ?

– Vieux sac à puces !... de renchérir Sébastien, maintenant assis, tenant une perruque dans ses mains. T'as failli me tuer. Tu vas le regretter !

– Tu n'as pas vu la caméra ? Idiot ! lance Éloïse, en route vers l'appareil qu'elle va stopper, laissant derrière elle une coulée de...

«Du ketchup !» Je demeure gueule bée devant un pareil spectacle.

– Je tourne une scène d'une pièce que je vais jouer, continue de fulminer la sœur aînée. Je veux me voir pour améliorer ma performance.

Penaud – et l'air *nono*, comme dit souvent ma Douce –, je m'esquive en vitesse.

QUAND LE CHAT SORT DU SAC

Je suis assoupi sous le lit d'Émilie, où je rumine ma peine depuis ma gênante sortie de la chambre d'Éloïse.

Bang! Bang! Bang!

Un bruit lointain me chatouille soudain le tympan de l'oreille gauche – elle a beau être cassée, elle est plus alerte que la droite pour repérer les sons. J'ouvre l'œil, me disant qu'il doit s'agir de quelqu'un qui se trouve dans le cabanon que Fabien a construit récemment.

« C'est sûrement Émilie! J'aurais dû me douter qu'elle était encore là… »

Depuis quelques semaines, la petite maison de rangement est devenue le siège social de toutes les activités de la jeune fille de la maison. Émilie y passe un temps fou. J'ai même vu Pierre-Luc s'y glisser, quelques fois, en cachette. Émilie serait-elle amoureuse de notre jeune voisin? Ce serait parfait, au lieu de s'amouracher de garçons plus vieux qui me font toujours la vie dure. Mais le malheur, c'est que ma Douce ne me laisse pas entrer dans le cabanon, moi, son fidèle ami. Bientôt, j'en gagerais ma crêpe dominicale de Fabien, Émilie va y mettre une pancarte «Chiens interdits», pour s'assurer que je n'aille plus la déranger.

DING DONG!

À toutes pattes, je quitte mon abri et fonce vers l'escalier. Endurci, je le descends à moitié sur la fesse droite, à moitié sur la gauche, parvenant à ne pas débouler de nouveau cet escalier de bois franc, luisant et glissant comme de la glace.

POW!

Je sursaute : Marilou vient de déposer son rapport sur la petite table, près du fauteuil. « Aïe ! » Je m'écrase au bas de l'escalier : une seconde d'inattention a suffi pour me faire rater la dernière marche. Néanmoins, comme disent les humains (nous, les chiens, on dit plutôt *museauenmoins*), je continue de regarder la sous-ministre, qui se lève du fauteuil. Elle semble toujours de très mauvaise humeur. Peut-être n'est-elle pas encore parvenue à replacer toutes ses feuilles dans le bon ordre...

– Qui donc peut sortir par un temps pareil ? maugrée Marilou, fonçant vers l'entrée.

W-ouf ! Je n'aimerais pas être derrière cette porte !

Je file vers la cuisine pour ne pas me retrouver dans les pattes de la sous-ministre. Puis, j'observe le vestibule en douce.

– Est-ce qu'Émilie est là ?

Je vois apparaître Roseline, Martin et Charles, trois amis de ma Douce, couverts d'imperméables. Ils font plein d'activités avec Émilie. Plusieurs sports, bien sûr, et ils jouent aussi ensemble dans la petite fanfare de leur école.

– On a une partie de soccer dans le gymnase.

– On a besoin d'elle à l'attaque ! On s'était donné rendez-vous au coin de la rue : on l'attend depuis dix minutes.

Marilou ne tarde pas à les informer qu'elle ignore où se trouve sa plus jeune fille, puis elle referme la porte.

« Wow ! Une partie de soccer!... Émilie s'en voudra de l'avoir manquée ! »

Je fonce aussitôt vers la cuisine, passe par ma petite porte personnelle à l'arrière de la maison et cours rejoindre le trio. Je rattrape les amis d'Émilie juste avant qu'ils ne traversent la rue ruisselante. «Waaf! Waaf!» À force de me voir japper et faire des allers et retours entre le trottoir et la cour arrière, ils finissent par comprendre que je ne suis pas fou, mais bien en train d'essayer de leur transmettre un message. Je file à vive allure vers la remise, suivi par les trois jeunes. Une lumière jaillit de la petite fenêtre, m'indiquant que ma Douce est bel et bien là.

«C'est Émilie qui va être contente!...»

BANG! BANG! BANG!

Depuis un moment, les amis cognent à la porte. J'en ai les tympans qui bourdonnent.

– Je suis certaine que j'ai vu une ombre bouger! lance Roseline, en équilibre sur le dos de Martin, qui se trouve, lui, à quatre pattes dans les flaques d'eau.

Le visage de Roseline atteint tout juste le rebord de la fenêtre. Sur le bout de ses bottes, elle tente de scruter l'intérieur.

– J'ai entendu du bruit! renchérit Charles, qui frappe de nouveau.

BANG! BANG! BANG!

Il redouble d'ardeur.

Malgré leurs efforts, personne ne répond. Pourtant, je flaire la présence d'Émilie. Mais pourquoi n'ouvre-t-elle pas? Je commence à me dire que j'ai peut-être encore fait une gaffe. Qu'elle préfère ne voir personne. Mon cœur se met à battre comme un tam-tam, misère à poil!

– Émilie? crie Roseline, en cognant maintenant à la fenêtre. Ouvre, on sait que tu es là! Galoche nous l'a dit!

«Mon chat est mort!» que je pense, de plus en plus inquiet.

Brusquement, la porte s'ouvre. Émilie apparaît. Elle n'a pas l'air très contente. Moi, Galoche, je recule un peu, dans la pénombre.

– Qu'est-ce que vous voulez?

– On vient te chercher pour la partie de soccer, répond Charles.

– Oui! ajoute Roseline en sautant par terre. Ça fait dix minutes qu'on t'attend au coin de la rue!

– Heureusement qu'il y avait Galoche pour nous faire savoir que tu étais ici…, conclut Martin en se redressant.

Malgré mon retrait stratégique, loin de la lumière du cabanon, ma Douce a tôt fait de me repérer. Et au moment où elle s'apprête à me dire un mot, Roseline en profite pour se glisser à l'intérieur. Un instant plus tard, tout le monde se retrouve dans le cabanon. Timide, je m'avance un peu. Je reste sur le palier, mais ne perds pas un geste ni un mot de la scène.

– Tiens, tiens! s'exclame Roseline. Bonjour, Pierre-Luc!

– Euh..., bredouille notre jeune voisin, tout au fond du cabanon, juste devant un grand drap blanc qui recouvre un gros objet. Salut!

– Qu'est-ce que vous faisiez dans le cabanon, tout seuls, tous les deux? dit Martin, moqueur. Vous jouiez à cache-cache, je suppose?

– Ouais! renchérit Charles avec un air taquin. Vous étiez trop occupés à jouer à la cachette pour nous ouvrir?

– C'est pas de vos affaires! intervient ma Douce. J'ai oublié la partie, c'est tout!

– Et puis, on s'est juste cachés de la pluie, fait observer notre gentil voisin, aussi blême que la pâte à crêpes de Fabien.

Plus la discussion s'anime, plus je me sens dans mes petits coussinets.

– Moi, je sais ce qui se passe, s'enthousiasme Roseline avec un sourire coquin. Pour que toi, Émilie, qui adores le soccer, tu ne viennes pas à une partie, il n'y a qu'une seule raison possible… Avoue, Émilie : t'es en aaamour !

– Moi, en amour…, s'exclame ma Douce, qui éclate de rire. Vous êtes MA-LA-DES !

– Roseline a raison, s'amuse Martin à son tour. C'est pas nous qui sommes malades, Émilie… C'est toi qui es malade… d'aaamour !

C'est moi, Galoche, qui suis en train de tomber malade. Par ma faute, on dérange Émilie : je le vois bien dans son regard. En plus, voilà que ses amis se moquent d'elle. À cause de moi ! Émilie ne sera sûrement pas contente. Je me sens tout drôle : les pattes tremblotantes, le cœur battant et la tête bouillante…

– Ooooouais ! renchérit Charles. Sinon, Émilie, explique-nous pourquoi tu n'es pas venue nous ouvrir la porte plus tôt. On a failli la défoncer...

– On... on... on a un gros travail à faire, intervient Pierre-Luc, sur un ton hésitant, démontrant beaucoup moins de talent que ma Douce pour se sortir du pétrin.

– Hoooon! répliquent les trois amis, en chœur, en s'échangeant des regards moqueurs. Un gros travail, hein? Qui vous a empêchés d'entendre nos coups de poing sur la porte, hein?

– OOOOUI! hurle brusquement Émilie, en colère, tirant d'un coup sec sur le grand drap blanc. UN GROS TRAVAIL!...

Une énorme niche toute luisante apparaît. Une vraie splendeur!

– Un secret! Un cadeau pour Galoche sur lequel Pierre-Luc et moi, on travaille depuis des semaines... EN CACHETTE! VOUS COMPRENEZ, MAINTENANT?

– Hoooon! de clamer les trois amis, ahuris. On... on... on s'excuse!

Moi, Galoche, je me sens comme le plus stupide des chiens de la terre. Je crois que j'ai vraiment le don de me mettre les pattes dans les plats...

La déception se lit sur les visages de ma Douce et de Pierre-Luc. La galerie ne s'amuse plus.

– Euh... est-ce qu'on peut t'aider ? murmure Roseline, sans conviction.

– Oui..., marmonne Martin, sur un ton faussement enthousiaste, on peut faire quelque chose ?

– Je suis pas mal bon dans les travaux manuels..., ajoute Charles, avec un sourire forcé.

Je vois Émilie pencher la tête, indice que son thermomètre de tolérance vient d'exploser. Quand elle juge un problème insoluble par la voie du dialogue, elle a sa façon bien à elle de le résoudre : foncer sur l'ennemi la tête la première, tel un bélier ! Les amis aussi connaissent bien ma Douce et savent que rien ne peut l'arrêter quand elle prend cette position de combat.

– Arrête, Émilie!

– Fais pas de folies!

– On s'en va, on s'en va!

Roseline, Martin et Charles ouvrent la porte en vitesse et disparaissent dans le noir, sous une pluie battante.

W-ouf! Ils s'en sortent indemnes.

Mais moi, Galoche, je ne suis pas sorti du cabanon...

– Galoche, dehors! Je ne veux plus te voir.

La semonce est sortie de la bouche de ma Douce comme un vrai boulet de canon !

Vite, je m'empresse de lui faire les yeux doux. Je lui lance un regard de saint-bernard, plein de remords, tout en laissant échapper une plainte aussi déchirante que celle d'un chiot dans la vitrine d'une animalerie...

– DEHORS !

Je jette alors un coup d'œil suppliant vers Pierre-Luc. Notre voisin est souvent venu à mon secours, même dans des circonstances très difficiles. Mais, cette fois, il ne semble même pas me voir. Je cligne des yeux comme deux lumières rouges près de la voie ferrée, je trace des SOS dans les airs avec mes oreilles et je respire de la truffe comme un buffle. Rien à faire ! J'ai l'impression que je suis devenu pour Pierre-Luc le chien invisible.

À mon tour, je quitte le cabanon. Il pleut toujours à boire debout. Peu m'importe, je suis déjà trempé comme une lavette et j'ai le cœur en mille miettes. Rien ne va plus!

«Ah! les humains! Pas faciles à suivre…»

Je m'en retourne lentement vers la maison, en me reprochant amèrement mon manque de confiance à l'égard de mon Émilie. Comment ai-je pu penser qu'elle m'abandonnait? Maintenant, oui, à cause de mon attitude stupide, ma Douce aurait toutes les raisons de me délaisser.

Je reste dehors. La pluie qui me tombe dessus semble me faire du bien, comme si elle me libérait très lentement de mes angoisses, gouttelette après gouttelette.

Je sens même que je reprends du poil de la bête. Brusquement, je sors de mes pensées : je viens de voir passer une ombre dans les bosquets, devant la maison. En un tour de patte, je retrouve mes instincts de gardien et je me lance aux trousses de l'intrus.

– Minou, minou! fait alors une voix qui ressemble à celle de Sébastien.

Au moment où je débouche à l'avant, je vois la porte de la maison se refermer. Étrange! Et plus d'ombre nulle part! Était-ce un chat? Sébastien l'a-t-il fait entrer dans la maison? Monsieur-je-sais-tout ne me ferait pas ça, quand même? Immobile, je reste aux aguets. Le silence est total pendant un bon moment.

Je décide finalement de retourner dans la cour, en me glissant sous le premier arbuste venu. C'est alors que des bruits venant de la haie du côté droit de la maison me font me tapir par terre d'un coup. Dans la boue! Juste sous les petites fenêtres de la grande baie vitrée du salon... FRCHHH! FRCHHH! FRCHHH!... Je le savais : il y a bel et bien un intrus dans les parages, foi de Galoche! Le bruit se rapproche du bosquet où je me trouve. Au-dessus de moi, la gouttière, défectueuse depuis des semaines, laisse tomber un torrent d'eau. Je me sens lourd comme un toutou en peluche frais sorti d'une machine à laver. Mais surtout, j'ai peine à y voir. Et ces froufroutements, qui ne sont plus qu'à quelques mètres, j'en suis certain... est-ce un chat? Un raton laveur? Pire encore, un voleur? J'ai la frousse. Bon, d'accord, nous, les chiens, avons l'instinct de gardien; mais cela n'élimine pas pour autant l'angoisse du métier. Voilà que c'est de nouveau le

silence. Pourtant, je flaire une présence.
Je me sens même surveillé. Prenant
mon courage à quatre
pattes – et avant de
mourir d'une crise
cardiaque –, je décide
d'avancer. Mais je
n'ai pas fait deux
empattées que je me
retrouve museau à
museau avec... un
porc-épic géant!

– Hé! qu'est-ce
que tu fais là, toi?

J'ai les yeux grands
ouverts. Je suis éberlué:
mon énorme porc-épic parle
comme un humain. Il a plein de gros
piquants sur la tête et des anneaux
dans son visage. Je vais défaillir, misère
à poil!

– Reste calme, chuchote l'étrange
bonhomme de cuir et de guenilles, je

veux juste voir quelque chose dans la maison. Je cherche mon chat...

Un chat? Il me prend pour un imbécile! Moi, Galoche supercaboche, je sais bien que c'est un voleur! Vite, je dois alerter les Meloche!

– Waafff! Waafff!

Je m'arrache les cordes vocales, au péril de ma vie. Je vais devenir leur héros! Enfin...

– Aoooouh! Aoooouh!

– Arrête, vieux grincheux! Arrête!... Ils vont penser que je suis un voleur.

À mon grand soulagement, je regarde le jeune homme se sauver entre deux bosquets, vers la rue. Je sors de sous les branches et continue de hurler. Derrière moi, j'entends la porte s'ouvrir. Je me retourne: Fabien qui s'amène. «Génial!» Je reviens à mon voleur, déjà sur le trottoir: je reste figé en le voyant se promener tranquillement et siffloter un air, comme si de rien n'était. «Le monstre! Il joue bien la comédie. Comme Éloïse!»

Bien décidé à m'illustrer, je pars aussitôt à ses trousses, en jappant de nouveau.

– Aïe! Aïe! s'offusque-t-il en déguer-pissant.

Et, tout à coup, la grosse voix grave du père d'Émilie retentit derrière moi comme un coup de massue:

– Galoche! Ici!

Je stoppe et regarde le porc-épic humain disparaître dans le noir.

– Qu'est-ce qui te prend de faire peur à un pauvre type? Et puis, tu vas déranger tout le voisinage avec tes hurlements!

Les paroles de Fabien me frappent droit au cœur, pires qu'un coup de tonnerre. Je n'en reviens pas de son attitude: on est très loin du «booon chien!» qu'il me lance si souvent. Il m'en veut encore à cause du fameux rapport?

C'est vrai, tantôt j'ai eu l'air d'un idiot devant Marilou. Puis devant Éloïse et Sébastien. Puis devant Émilie et Pierre-Luc. Et maintenant, devant mon meilleur allié de la famille Meloche, mis à part ma Douce, bien entendu.

– Entre dans la maison! Assez de folies pour aujourd'hui!

«Quelle performance!» que je me désole. Moi, Galoche, en moins de temps qu'il ne m'en faut pour courir de la maison au parc, je viens de me mettre à dos toute la famille Meloche, sans compter notre jeune voisin, Pierre-Luc.

Je retourne dans la chambre de mon Émilie, tel un zombi.

Et, sous le lit de ma Douce, épuisé, je m'endors.

FUGUE EN CHAT MINEUR

– Galoche ?... Galoche ?... Galoche ?

J'ouvre un œil. Par la fenêtre de la chambre d'Émilie, je vois plein d'étoiles briller dans le ciel. On est en pleine nuit ! Ma Douce n'est pas dans son lit. Je n'ai donc pas rêvé : c'est bien sa voix que j'ai entendue. Mais elle est dehors ?

– Galoche, mon beau ?

Stupéfait, je me secoue les puces et file vers la cour arrière, suivant la voix d'Émilie. Malgré son ton plutôt joyeux, je demeure sur mes gardes : que peut bien faire ma Douce dehors, à cette heure-ci ?

Plus curieux qu'angoissé, je sors rapidement de la maison. Mais je freine aussitôt, me retrouvant devant une magnifique niche, énorme et luisante, sous une superbe lune. Un large ruban multicolore la ceinture et forme une boucle géante sur le toit. Je n'ai jamais vu de plus beau cadeau, foi de Galoche! J'ai les yeux pleins d'étoiles.

– Elle est belle, hein? demande Émilie, toute fière, debout près de la niche.

– Nous y avons mis tout notre cœur, enchaîne Pierre-Luc.

Les deux amis arborent un grand sourire. Je suis ému de les voir dans leur salopette blanche, des outils jaillissant ici et là de leurs habits de travail.

Brusquement, Émilie et Pierre-Luc prennent un air sévère.

– Galoche, lance ma Douce, nous voulions que tu assistes à la remise officielle de notre cadeau...

– Oui..., renchérit notre jeune voisin d'un ton fâché, cadeau que tu as découvert avant le temps, à cause de ton acharnement. Tu te souviens ?

Moi, Galoche, je fais du *sur-pattes*. Je ne sais plus quoi faire ni comment réagir. Mais les deux amis semblent avoir bien préparé leur scénario. Ils poursuivent :

– Dans la vie, Galoche, il faut savoir rester discret ! me sermonne Émilie, tandis qu'une fanfare apparaît au fond de la cour et s'amène vers la niche.

Horreur ! Sous les chapeaux, je reconnais Marilou au tambour, sa patronne de ministre au trombone, Sébastien et le fils de la ministre à la trompette, Éloïse au xylophone ainsi que Fabien en chef d'orchestre. Ils s'avancent, au pas, au son d'une musique militaire.

J'en ai les oreilles et le cœur écorchés. Je sens qu'il se trame quelque chose de grave ! Mais quoi donc ? Cette niche est sublime. On dirait qu'ils veulent me fêter, mais tous ont des têtes d'enterrement...

Mon regard a perdu toutes ses étoiles.

D'un coup, la musique cesse. Sauf le tambour qui roule et roule sans arrêt. Tout le monde me fixe avec des yeux rieurs. Émilie se penche au-dessus de la niche et, d'un geste vif, défait la boucle : le ruban tombe.

– Galoche, lance solennellement ma Douce, fête avec nous l'anniversaire de... Dragster !

Ma gorge se noue en voyant sortir de la niche la tête du chien de la ministre.

« Ils ont donné MON cadeau à ce chien détestable. Aooouh ! »

Je tombe des nues...

– Galoche, réveille-toi! Tu fais un cauchemar! You hou!

Je sors des nues…

– Galoche, j'ai une belle surprise pour toi, réveille-toi!

J'ouvre l'œil, pour de vrai, cette fois. J'aperçois Sébastien, à quatre pattes, qui me sourit. «Suis-je devenu fou?» que je m'interroge, sous le lit d'Émilie. Et, prenant soudain conscience que je suis couché sur le dos, les quatre pattes en l'air, sous les yeux de Monsieur-je-sais-tout, je me dis: «Chose certaine, j'ai l'air fou!»

– Bonjour, mon joli! lance Sébastien, toujours vêtu de sa veste de cuir, mais sans sa perruque.

Je me mordille les babines. «Aïe!» Non, je ne rêve pas! Je suis bel et bien sorti de mon cauchemar. Constatant que Sébastien porte toujours la veste de cuir, je réalise que je n'ai pas dormi longtemps.

– Sors de là! Viens me voir, poursuit Sébastien, qui s'est éloigné. N'aie pas peur: je veux me faire pardonner tous les ennuis que je t'ai causés.

Pour que Monsieur-je-sais-tout me prodigue tant de gentillesse, est-ce Noël? Ou une fête que j'ignore? Ou la fin du monde?

Je sors la tête de sous le lit avec prudence.

– Galoche, pour me racheter, commence Sébastien, et pour te montrer ma bonne volonté à ton égard, j'ai une belle surprise pour toi!

Je glisse sur le plancher et m'avance vers lui. «Aïe!»

– MIAOW!

Je m'arrête brusquement, le museau quasi collé sur celui du chat que Sébastien tient à bout de bras.

– Je te présente Brioche, s'enthousiasme le frère d'Émilie. La petite dernière dans la famille! Ça te fera une compagne de jeu! Es-tu content, Galoche?

Sébastien ricane méchamment. Il respire de bonheur, fier de sa toute dernière trouvaille pour me donner encore plus de poil à retordre. Belle vengeance pour mon assaut sur lui, tantôt.

– Oh! un chat! s'exclame Éloïse en entrant dans la chambre. Oooh, qu'il est mignon! Mais d'où il sort?

– Euh…, bredouille Monsieur-je-sais-tout, c'est… c'est un ami qui me l'a donné. J'ai pensé que ça ferait plaisir à Galoche. Hein, le gros?

Et moi, Galoche, au bord de l'effondrement, je crie en mon for intérieur: «Ça suffit!»

Un chat dans la gorge, je quitte la maison des Meloche… pour toujours!

Je n'ai rien contre la race féline, mais tout de même! Il n'y avait pas cinq minutes que Brioche était arrivée dans la maison qu'elle avait bu toute mon eau et mangé entièrement ma bouffe – je n'ai jamais vu un animal aussi affamé qu'elle! Et ce n'est pas tout: en quelques minutes, elle s'est attiré plus de compliments de la part du trio infernal que moi en six ans. Et ce n'est pas tout: cette chatte a reçu, en moins de trente secondes, plus d'attention de la part d'Émilie et de Pierre-Luc, de retour à la maison, que moi au cours des deux dernières semaines. Et ce n'est pas tout: même si j'étais atterré, Fabien n'a pas hésité à lancer, devant tout le monde : « J'espère, Galoche, que tu seras plus gentil avec cette chatte qu'avec le pauvre jeune homme que tu as terrorisé tantôt ! »

Un gros, gros, gros chat dans la gorge, je m'éloigne de la maison. Je dois sauver ma dignité canine !

Dès que je touche le trottoir, je prends mes pattes à mon cou et fonce droit devant moi, vers le boulevard. Je fais voler les énormes flaques d'eau, aussi luisantes que la glace du miroir de la commode de ma Douce. Je me sens tout bizarre. Moi, Galoche, chien errant ! Qui l'aurait cru ? Mais il y a des limites à se laisser bafouer. Je vais aller faire le beau et le « booon chien » ailleurs !

Au moment où je traverse la grande rue... HIIIIIImmmmmmm! Un bolide passe à quelques centimètres de moi seulement. W-ouf ! Un peu plus et je me faisais écrabouiller. Encore tout remué, je ne parviens plus à bouger. Si bien qu'une autre voiture… VRRRRROUM!… me frôle le museau de nouveau, faisant voler une gigantesque flaque d'eau boueuse. Je dégouline de partout. Je suis complètement découragé. Sans plus réfléchir, je fais demi-tour et décide de prendre un autre chemin : pas question de me laisser noyer ou écraser ! Je veux goûter aux joies de la fugue : à moi la liberté, après avoir été si longtemps prisonnier des Meloche. Je pars à l'épouvante vers la grande ville.

Quelques instants plus tard, je m'engage dans le premier corridor que je trouve sur ma route. Malgré la noirceur qui y règne et que je déteste, je trouve le courage nécessaire pour m'y enfoncer. Pas question de revenir dans cette maison des Meloche aux fausses allures familiales. Je suis fin prêt à affronter le destin, sans broncher. À m'aventurer sur des chemins inconnus. Comme en ce moment. Je suis fier de moi : j'ai déjà parcouru une bonne distance dans ce corridor très sombre

que les humains appellent, je crois, une « ruelle ». Soudain, je vois surgir des petites lumières devant moi. Je freine brusquement, faisant crisser mes coussinets, plein de chats dans la gorge... et dans ma mire ! Je reste figé, misère à poil !

Quatre paires d'yeux félins brillent de tous leurs feux au bout du sombre corridor. Les regards sont braqués sur moi. Et, crois-moi, ce n'est pas du tout ce que les humains appellent « la lumière au bout du tunnel » ! Émilie a déjà comparé les chats de ruelle aux cruels chats sauvages... Devant cette terrible apparition, moi, Galoche, je me retourne d'un coup sec, prêt à regagner le boulevard. Horreur ! Huit autres petits yeux se pointent là aussi, à l'horizon. « Mon chat est mort ! » que je me dis, en regardant autour de moi s'il n'y a pas une sortie de secours dans ce corridor malsain pour les chiens errants. Tandis que je tente de sauver ma peau, un drôle de bourdonnement fait sursauter mes tympans. Ce bruit s'intensifie. Je panique. Je viens d'identifier la provenance de ce grondement: DES RONRONNEMENTS! Quelle cruelle symphonie! Je dois faire face à la musique. Sentant que ma vie ne tient plus qu'à un poil, je lance mon fameux IVG!

W-ouf! Mon œil catastrophé repère aussitôt une clôture pas très haute, sur ma droite. Sans réfléchir davantage, tous poils dehors, je m'y dirige. Des miaulements de dépit se font entendre: la proie disparaît avant que la chasse commence. J'accélère ma course pour mieux m'élever dans les airs et hop!... ma bedaine frôle le dessus de la clôture, mais je réussis à la survoler. Je tombe dans un bassin d'eau. «Au point où j'en suis, c'est ce qui pouvait m'arriver de mieux!» que je m'encourage, filant tout de go vers la rue.

Sain et sauf, j'atteins le trottoir. W-ouf! Aucun chat à ma poursuite! Je prends le temps de souffler un peu et de réfléchir.

«Ça suffit! Je retourne à la maison... Après tout, mieux vaut sauver ma peau que ma dignité canine, foi de Galoche!»

ATCHOUM! ATCHOUM!

J'approche de la maison, tout piteux, tout frileux. Mon orgueil en prend pour son rhume: j'ai sûrement battu le record de la fugue la plus courte, tous chiens et humains confondus. Ma meute *melochienne* m'a rendu aussi douillet et peureux qu'un toutou en peluche. Voilà la dure vérité! Sans oublier que je vais devoir partager le reste de ma vie avec un chat. J'essaie déjà de me faire à l'idée. Pas facile! Mais mon ego canin risque de se voir encore plus bafoué ; je suis certain que personne ne se sera même aperçu de ma disparition...

La pluie a cessé, mais la chaussée a toujours des allures de rivière. Je prends soin de marcher loin de la chaîne de trottoir : finies les baignades forcées ! Je longe la haie de cèdres, qui sent si bon et qui fait le coin, pour accéder à notre rue. J'ai hâte d'arriver, surtout que ma vue commence à s'embrouiller dangereusement, à force d'avoir les yeux constamment agressés par ces puissants phares de voiture qui défilent sur ce boulevard sans arrêt.

ATCHOUM !

Mon instinct me guide droit jusqu'à la maison, sans problèmes. Je me retrouve bien vite le museau appuyé sur le rebord de l'une des petites fenêtres du bas, grandes ouvertes... comme mes oreilles !

– J'ai regardé partout, partout ! Galoche a disparu ! Je sens qu'il lui est arrivé un malheur !

– Voyons, Émilie, du calme..., lance Marilou, il ne doit pas être bien loin, ton chien ! Il n'a pas pu accepter l'arrivée du chat de Sébastien, c'est tout.

– Il est peut-être un peu orgueilleux, mais ce n'est sûrement pas seulement à cause de Brioche ! C'est plus grave !

– Bof ! intervient Sébastien, sur un ton hautain. Un chat dans une maison, c'est bien mieux : c'est intelligent, au moins...

– Toi, espèce...

Moi, Galoche, chien prodigue, j'ai les yeux ronds et le cœur qui fait des bonds de joie. Je suis parti il y a très peu de temps, et Émilie s'est aperçue de ma disparition. Jamais je ne me serais attendu à une si belle découverte ; surtout après l'histoire de la niche ainsi que celle du chat Brioche.

La truffe palpitante, j'observe la suite, car déjà Fabien s'est interposé pour calmer la sœur et le frère.

– Sébas, tranquille !... Je suis de l'avis d'Émilie : Galoche a fugué. On l'a beaucoup délaissé, ces derniers temps. Et puis, je suis un peu responsable de son départ : j'y ai peut-être été trop fort, tantôt, en chicanant Galoche pour avoir fait peur à un jeune punk. Il ne suivait que son instinct de gardien.

L'émotion m'étreint et me monte à la truffe.

– Papa, on appelle au poste de police ?

– Non, Émilie, fait la voix de Pierre-Luc, que je vois soudain apparaître au fond du salon. Nous devrions faire appel à nos amis, il n'est pas trop tard!

– Ils ne voudront jamais arrêter leur partie de soccer...

– Au contraire! Après ce qui est arrivé dans le cabanon, ils vont nous aider, c'est certain!

– Qu'est-ce qui est arrivé dans le cabanon, au juste, Pierre-Luc? demande Marilou, soudain inquiète.

– Pas bête du tout, ton idée, Pierre-Luc! s'interpose aussitôt Fabien.

– OK! lance Émilie, tout de go. Je vais essayer de joindre Roseline, Martin et Charles sur le cellulaire de Charles. Si je n'y arrive pas, on ira au gymnase directement.

Wow! Heureusement que j'ai fugué! Jamais je n'aurais pu vivre un aussi beau moment. Je suis aux oiseaux! J'ai même l'impression soudaine que des ailes me poussent et que je m'élève...

AÏÏÏE!... Mais je suis vraiment dans les airs, foi de Galoche!

Deux grosses mains viennent de me soulever de terre et m'amènent loin de la fenêtre, sur le trottoir. Je tourne la tête: j'aperçois le porc-épic géant. Horreur! Encore le voleur! Cette fois, il transporte un gros sac en bandoulière. Brusquement, il me colle le museau à deux griffes seulement de son visage. Et moi qui sens venir un autre éternuement, je me serre les nasaux de toute urgence... trop tard!

ATCHOUM!

Le jeune homme à la tête de balai de sorcière recule d'un pas. Il s'essuie le visage du revers de son manteau de cuir. Ses yeux deviennent fous de rage.

– Tu pourrais mettre ta patte devant ta gueule!

Je suis mort de peur: il me serre tellement fort entre ses mains! Et il a un regard si dur... Instinctivement, je baisse les yeux. Je vois alors deux anneaux : l'un accroché à son nez, l'autre à sa lèvre. Les anneaux se balancent juste devant ma truffe. Le pire, c'est que je ne parviens plus à les quitter des yeux. Je ne peux plus bouger... comme hypnotisé. Qu'est-ce qui m'arrive ?

ATCHOUM !

– Arrête, vieux grincheux : tu es en train de me noyer !... Dis donc, tu es toujours dehors, toi ? Tu me compliques la vie pas mal : j'arriverai jamais à savoir s'il y a un voleur dans cette maison...

Un voleur dans la maison ? Il est vraiment fou, ce type ! Évidemment, c'est lui, le voleur !

Soudain... surprise ! L'étrange individu au manteau de cuir se met à sourire.

– Attends une minute !

Attendre, c'est bien tout ce que je peux faire en ce moment, foi de Galoche !

Je vois alors le voleur fou, l'air songeur, passer lentement une main sur sa tête.

Ses longues épines toutes raides plient et rebondissent une à une, comme des ressorts. Chaque fois, des gouttelettes huileuses en jaillissent et viennent me couvrir le visage... OUACHE! Quelle drôle d'odeur!

– Tu me donnes une idée! poursuit l'énergumène.

Moi, Galoche, je n'ai qu'une idée en tête: déguerpir!

– Mais avant, ajoute le voleur, faut que je sois sûr que Tête de noix est là...

«Tête de noix?»

– Sinon, je vais avoir l'air fou, moi!... Et pas question de les surveiller en ta compagnie: ce serait trop risqué. *Icitte*, vite, mon pitou!

Le porc-épic humain me plonge la tête la première au fond de sa poche. Je me retrouve dans un trou noir, sans avoir pu tenter la moindre esquive.

Décidément, ma fugue risque de m'être... ATCHOUM!... fatale.

CHAT KIDNAPPÉ CRAINT L'EAU FROIDE

Depuis un moment, moi, Galoche, je suis ballotté comme une vieille patate dans la poche infecte du porc-épic à deux pattes. Ce dernier marche d'un bon pas vers son repaire, où il va sûrement me zigouiller, misère à poil! Jamais il ne me pardonnera de lui avoir fait rater son cambriolage deux fois de suite.

«Aooooouh!»

Dans cette prison mobile, j'essaie de me hisser vers le haut. Je plonge, je culbute, je me frappe le coco partout; je me croirais dans la bruyante sécheuse des Meloche.

– Tranquille, le chien!

Le cambrioleur a la poigne solide. Impossible de déchirer la poche, impossible de lui faire lâcher prise, impossible de créer la moindre ouverture pour m'esquiver…

IVG!…

IVG?…

I…V… G???

Catastrophe: pour la première fois de ma vie, aucune idée géniale ne semble vouloir jaillir de mon esprit. Moi, la grosse patate, j'en ai vraiment ras le poil de cette promenade. Comme Émilie, je suis en faveur des transports pas trop énergivores, mais la poche, vraiment, c'est trop moche, foi de Galoche!

Brusquement, le voleur s'immobilise.

– CUI-CUI! CUI-CUI!

– Bonjour, les amis!

– CUI-CUI! CUI-CUI!

Des oiseaux! Sommes-nous dans un bois?

Au cours du trajet, j'ai seulement entendu des klaxons et le bruit des bottes mouillées du voleur qui crachaient leur surplus d'eau à chaque pas. Aucun indice ne me permet de savoir où je suis. «Oh, oh, oh, attention, Galoche!» Une petite lumière parvient jusqu'à moi: le sac vient de s'ouvrir. Je fais le mort.

– Hé, le chien? Tu n'es pas mort, toujours? J'ai besoin de toi, moi!

A... A... ATCHOUM! Je ressuscite d'un coup, bien malgré moi. Je suis brusquement agrippé par la fourrure du cou. L'instant suivant, me voilà gigotant tel un poisson au bout du bras du voleur.

« Émilie, au secours ! »

La pluie a cessé et mon angoisse a diminué... mais pas mon rhume !

ATCHOUM ! ATCHOUM !

Je suis attaché à un arbre, derrière un banc, près d'un drôle d'abri construit avec de gros cartons. Devant nous, deux énormes bosquets nous isolent du reste du parc. L'endroit est faiblement éclairé par la lumière d'un petit lampadaire. Moi, Galoche, pauvre chien prisonnier, je me laisse réchauffer par les flammes bienfaisantes d'un mini-feu de camp improvisé par mon ravisseur.

– Tiens, mange un peu ! me lance ce dernier, me tendant au bout d'une branche un morceau de pain qu'il vient de griller sur le feu.

Je suis abasourdi. Imagine : mon voleur vit dans le parc, comme un vrai clochard. Je ne sais plus quoi penser. Depuis qu'il m'a sorti de la poche, le porc-épic sur deux pattes est très gentil avec moi. Il m'a dit que je n'avais rien à craindre si je n'aboyais pas. Il me parle beaucoup plus doucement. Par surcroît, lui qui semble n'avoir presque rien à manger, voilà qu'il m'offre une partie de sa maigre pitance.

– Mange, mange! insiste-t-il, me voyant hésiter devant le bout de pain grillé.

Avec prudence, j'arrache le morceau encore tout fumant du bout de la branche tendue... OUACHE!... Il sent l'huile de garage qu'utilise Fabien. Je me rappelle aussitôt les gouttelettes de tantôt: la même odeur! Mais pas question de faire ma fine gueule. Je mange du bout des crocs. Une fois l'odeur d'huile passée, le goût n'est pas si vilain. Soudain, je sursaute: le porc-épic, que j'avais quitté des yeux, est près de moi, un objet dans les mains.

– Tout doux, tout doux, fait-il sur un ton rassurant en me voyant de nouveau tendu. Je veux juste te nettoyer, te sécher avec ce linge. Tu es tout sale et mouillé ; je ne voudrais pas que tu attrapes une pneumonie.

Je le laisse faire… OUACHE !… Sa guenille dégage aussi une forte odeur d'huile.

– L'huile, c'est bon : ça nettoie bien la boue et ça protège de l'eau !

Moi, Galoche, je préfère de beaucoup la senteur de l'huile de bain de mon Émilie. Ma préférée est celle aux pommes et aux poires… Penser à ma Douce me rend très nostalgique. Je songe à Pierre-Luc et aux amis d'Émilie : sont-ils partis à ma recherche ?…

« AÏÏÏE ! »

En un tour de main, le jeune homme me soutire ma médaille.

– Excuse-moi, le chien, mais je vais en avoir besoin.

Galoche, attention! Tu as remarqué son habileté à t'enlever ta médaille? Un vrai professionnel! Sois vigilant!

Pourtant, avant même que je puisse réagir, je me retrouve la gueule coincée par de larges morceaux de ruban adhésif. Impossible de mordre ou de japper de colère! Quel beau naïf je suis! Et quel beau parleur, ce mécréant porc-épic itinérant.

– J'ai pas le choix: faut que je t'empêche de japper, puis que je te remette dans le sac, maintenant que t'es propre et bien réchauffé. C'est pour ta sécurité.

Le voleur aux anneaux m'enfonce le bout d'un petit flacon entre mes babines, qui s'entrouvrent juste assez pour laisser couler un peu de liquide. Je panique, avalant malgré moi le poison qu'il me donne. Ma gorge est en feu. «C'est la fin!» que je me dis, pensant à mon Émilie. Mon assassin semble d'un tout autre avis.

– Tu vas voir, mon vieux, c'est un remède miracle! Finis les éternuements! Tu n'auras plus de rhume… Je regrette de te faire tout ça, mais je peux pas prendre de risque. Je reviens tout de suite, t'inquiète pas.

Je suis de nouveau plongé dans la poche. Après un instant d'angoisse extrême, je me dis: «Il avait raison, ce n'était pas un poison…» Je suis content d'être encore en vie. Mais j'ai tout de même la mort dans l'âme en pensant que le porc-épic géant s'en va dévaliser la maison des Meloche et que je suis ici, sans pouvoir rien faire. Soudain, je sursaute en entendant tout près de moi des PCCCHHH! PCCCHHH! PCCCHHH! Immédiatement après, je sens une odeur de fumée. Je me contracte les nasaux.

– Le feu est éteint, lance le voleur.

W-ouf! Ce n'était que de l'eau jetée sur le feu. Mais j'espère que la fumée va cesser d'envahir ma poche, sinon je vais mourir asphyxié!

– Je retourne chez toi, mon vieux. J'ai bien l'impression que je vais y trouver Tête de noix...

«Encore sa Tête de noix?»... que je m'énerve, au fond de la poche, bloquant toujours mes nasaux.

– Faut que je sois sûr de mon coup, sinon mon plan fonctionnera pas! Tu comprends? ajoute mon ravisseur, dont j'entends les pas s'éloigner. Bye! Je serai pas long!

Mais comment pourrais-je croire cet étrange porc-épic aux dangereux anneaux? Qui me dit qu'il ne me laissera pas mourir de froid et de faim dans ce parc?

«Émilie, Pierre-Luc, Fabien, Roseline, Martin, Charles... au secours!»

– Galoche?... Galoche?... Galoche?

Mes oreilles se tendent comme les épines de mon porc-épic géant: ai-je bien entendu mon nom?

– Galoche?... Galoche?... Galoche?...

Au fond de ma poche, je me lève d'un coup. Ouche! Mes poils de museau bougent sous le ruban adhésif: j'ai l'impression d'être piqué par de toutes petites aiguilles bien pointues à chaque mouvement de ma gueule. Je fais fi de la douleur, maintenant persuadé que ces voix sont celles d'Émilie, de Pierre-Luc et de leurs amis. Quelle joie! Ils sont sur la bonne piste!

– Galoche, où es-tu?... GAAALOOOCHE!

«Par ici, Émilie! Par ici! Derrière les bosquets!» Bien entendu, aucun son ne sort de ma gueule solidement bâillonnée. Ouche! Je tente d'ouvrir la gueule le plus possible, malgré les pincements qui me vont droit au cœur. ILS SE RAPPROCHENT ENCORE! Je devrais pouvoir desserrer un peu l'étreinte du ruban et parvenir à émettre un jappement ou, à tout le moins, un gémissement suffisamment fort pour attirer leur attention.

– Émilie, assieds-toi ici, sur ce banc : tu dois reprendre un peu ton souffle.

«Pierre-Luc!» que je m'écrie au plus profond de mes entrailles, alors que j'essaie de faire céder les bandelettes en les frottant avec mes pattes de devant. Malheur! Mes griffes ne font que glisser sur le dessus du ruban adhésif. Je reviens à ma solution première et je force comme un bœuf pour écarter un tant soit peu mes mâchoires, qui craquent sous mes efforts. D'autres pas résonnent tout près.

– On ne le retrouvera jamais! Il a peut-être été écrasé...

– Ne dis pas ça, Émilie!... Ensemble, on va réussir, tu vas voir! Roseline?

Prends la rue Des Groseillers! Martin, cours vers le terrain de jeu! Charles, dévale la pente vers les allées de pétanque! Nous deux, on va faire le tour de la piscine! On se retrouve tous au local des moniteurs!

Quelle surprise! Voilà que le timide Pierre-Luc dirige les opérations d'une main de maître. Moi, Galoche, je n'ai presque plus de temps pour me libérer la gueule avant qu'Émilie, Pierre-Luc et leurs amis ne repartent. Je redouble d'ardeur: «Herrrrrrr!... SCRATCHHH!... Ouche!»

– Ne t'en fais pas, Émilie, nous allons le retrouver. Et puis, Galoche est un chien trop affectueux pour te laisser tomber comme ça! Et trop intelligent pour se faire tuer par une voiture.

J'aimerais savourer de telles paroles, mais je suis trop occupé, en ce moment: «Herrrr!... SCRATCHHH!... Ouche!»

– On y va, Pierre-Luc! Je sens que Galoche n'est pas loin.

«ICI! que je hurle de désespoir, conscient que mon museau est encore plus solidement enrubanné que la palette du hockey d'Émilie. JUSTE DERRIÈRE VOUS, MISÈRE À POIL!»

Une petite musique résonne tout à coup. Je reconnais la sonnerie du cellulaire d'Émilie.

– Oui, allô? lance Émilie, nerveuse. Quoi?... D'accord, papa, on rentre tout de suite!

Ah non! Ils ne vont pas m'abandonner!

– Papa n'a pas trouvé Galoche, lui non plus. Mais il a du nouveau, explique Émilie, la voix tremblotante. Galoche a été KIDNAPPÉ!

– KIDNAPPÉ? répètent ses amis, ahuris.

– Mon père a trouvé la médaille de Galoche sur le perron, avec un message: «À bientôt!» Il va peut-être appeler au poste de police.

Quoi? Le porc-épic a été porter ma médaille chez les Meloche? Je ne comprends plus rien à rien, moi. SCRATCH! Enfin, je sens que les bandelettes autour de ma gueule commencent à ramollir. Si Émilie et ses amis pouvaient rester encore quelques… Catastrophe! J'entends des pas qui s'éloignent.

– Émilie! crie Pierre-Luc. Attends-nous!

SSSSSCRATCH! Un bout de ruban vient de se décoller. Puis, un autre et un autre et…

– Aoooouh! Aoooouh! Aoooouh!
Trop tard!

– Aoooouh! Aoooouh! Aoooouh!

– Oh, oh! Tranquille, là-dedans!

W-ouf! Il était temps que quelqu'un vienne à mon secours: j'ai les cordes vocales tellement fatiguées que je m'apprêtais à pousser des «CUI-CUI!» comme ces oiseaux qui assistent au spectacle depuis le début.

– Ouais, tranquille! renchérit une autre voix d'homme. Sinon, on n'ouvre pas!

Je cesse de hurler et de bouger, me disant que ce sont sûrement les policiers alertés par Fabien. Ces derniers ne tardent pas à ouvrir la poche.

– Ah ben, dis donc! Quel beau toutou! Quelle belle fourrure!

– Je savais pas que notre ami Arthur aimait aussi les chiens!

Surpris d'entendre «notre ami Arthur», je lève les yeux. Horreur! Deux visages apparaissent, sans casquette de policier, sans piquants sur la tête. Les deux individus portent une énorme barbe, avec des tuques et des foulards très colorés. Malgré mon angoisse, je suis mon instinct et décide de jouer le mort. Je referme les yeux aussitôt.

– Mais, Ti-Louis, veux-tu ben me dire

qu'est-ce qui pend au bout du museau
de ce chien ?

– On dirait un pansement. Attends,
attends…

Moi, Galoche, je n'attends plus ! Sans
japper gare, je bondis vers le sommet de
la poche, dans l'ouverture créée par Ti-
Louis, qui a plongé un bras vers moi. Je
fais tomber l'un d'eux sur le derrière. Je
retombe sur mes quatre pattes, dans le
gazon mouillé. Je sens tout à coup deux
mains sur mes flancs. Vif comme l'éclair,

je fonce, et pas question de ralentir, même si je vais droit dans un bosquet. Je ferme les yeux et, à toute allure, je fais voler les branches. J'en perds mes bandelettes. Hourra! La gueule libérée et insensible aux piqûres des branches, je maintiens mon rythme fou. J'ouvre enfin les yeux et... BOUM! je me fracasse le coco sur le banc de parc que j'ai à peine eu le temps d'entrevoir. «Ouille! Ouille!» Je vois soudain des étoiles briller juste au-dessus de ma tête. Mes pattes ne sont plus que de la guimauve. Je tombe K.-O.

– Ha, ha, ha! As-tu vu, Ti-Louis, il est tombé comme une grosse patate!

– Ha, ha, ha! Il a pas la tête aussi dure qu'Arthur! Ha, ha, ha!

Moi, Galoche, je flotte dans le ciel, transporté par des milliers d'oiseaux, au son céleste de jolis CUI-CUI!

Je passe du ciel à l'enfer en quelques secondes.

Des bruits de klaxon me ramènent à la vie de chien de poche. Quel malheur! Je suis de retour au fond du grand sac, la gueule de nouveau enrubannée et, en prime, une prune sur la caboche qui me fait mal chaque fois que je suis ballotté un peu fort.

– Ti-Louis, on pourrait le garder pour nous? Il nous aiderait à quêter de l'argent.

– Il est bien trop gras pour attirer la pitié, ce chien.

– Ben... on pourrait lui apprendre à faire des tours : les gens aiment ça les chiens qui sautent, qui dansent, qui...

– Alfonso, avec la tête dure qu'il semble avoir, ce chien, ça va prendre des mois !

– Remarque, il doit avoir la tête ramollie, après sa collision avec le banc du parc. Ha, ha, ha !

– Ouais, on aurait dit un taureau ! Ha, ha, ha !

Si jamais je sors vivant de cette aventure, moi, Galoche, je leur arrache le fond de culotte, à ces deux rigolos, juré, jappé !

Je suis si atterré que je me prends même à espérer le retour du porc-épic géant. De toute évidence, ces clochards me semblent plus fous et plus dangereux que lui.

BOUM!

Je m'assomme sur le trottoir: Alfonso a laissé tomber la poche. J'écoute et comprends vite qu'ils viennent de s'asseoir. Ils poursuivent leur discussion.

– On pourrait le vendre aux enchères? propose Ti-Louis.

Quoi?! Me vendre comme un vulgaire objet: ignoble!

– Oublie ça! On n'obtiendra que des grenailles: on ne peut rien faire avec un chien comme ça. Non, mon idée est bien meilleure!

– T'es sûr qu'elle va vouloir nous donner vingt piastres pour ça? Sa fourrure est belle, mais...

Quoi?! Vendre ma belle fourrure? Assassin!

– Voyons, Ti-Louis, c'est pas pour sa fourrure. C'est pour son air, son allure générale, tu comprends? Il est beau, il a l'air intelligent, racé, c'est presque une œuvre d'art sur quatre pattes.

W-ouf! Enfin un peu de bon sens...

– Ce chien a tout pour plaire à mon amie Mémé-doigts-de-fée, une empailleuse dépareillée!

«Aoooooouh!» Pas encore cette horrible chipie! Je n'en aurai donc jamais fini avec elle?

Être empaillé: le pire de tous mes cauchemars! J'en frissonne de peur.

– Alfonso?... lance une voix un peu lointaine que je reconnais tout de suite.

«Mon porc-épic sur deux pattes!»

– Ah non! Pas Arthur!

– Qu'est-ce qu'on fait, Alfonso? On se sauve?

– Es-tu fou? Arthur va nous rejoindre facilement, il court comme une gazelle.

Moi, Galoche, je bondis comme une gazelle dans la poche!

– Salut, vous deux! fait la voix de mon porc-épic essoufflé. Où vous allez comme ça, avec ma poche?

– Euh..., fait Alfonso, on en a besoin : on a trouvé un gros lot près de la fourrière. Des *cannes* de légumes, des *bines*, plein d'autres bonnes affaires. On... on te l'a juste empruntée, ta poche.

– Avec le chien dedans ?

– Un chien ? lance Alfonso, feignant la surprise.

– Un... un chien ? renchérit Ti-Louis.

J'intensifie ma danse au fond du sac. Un mélange explosif de tout ce que j'ai vu faire par les humains : ballet, claquette, rumba, salsa, cha-cha-cha et j'en passe. À mon grand soulagement, la poche s'ouvre et une main m'attrape par le chignon. L'instant d'après, je me retrouve dans les bras de mon sauveur : mon ravisseur !

– Ah ben ! Regarde donc ça, Ti-Louis... UN CHIEN !

– Ah ben, ah ben... Y est beau, hein ?

– Vous ne lui avez pas fait mal, au moins ? demande mon porc-épic.

– Nous ? Jamais. On… on adore les chiens ! Pas vrai, Ti-Louis ?

Ah ! le menteur ! Lui qui voulait me vendre à Mémé-doigts-de-fée.

– Bouge pas, le chien !

«Ouche, ouche, ouche !» Arthur retire le ruban adhésif que les deux compères m'avaient remis sur la gueule. Quel supplice ! J'ai le museau tout sensible, mais je suis enfin libre de japper.

– Booon chien, Galoche! dit le jeune Arthur, ayant sûrement lu mon nom sur ma médaille.

Je suis abasourdi ! Le porc-épic sur deux pattes dit «Booon chien» exactement comme Fabien le fait. Je me sens soudain tout drôle. Et très content d'entendre les deux clochards dire :

– Bon, ben, excuse-nous, Arthur, faut qu'on y aille, nous autres.

– Ouais, d'ajouter Ti-Louis.

Mon sauveur-ravisseur tend alors sa poche vers les deux vieillards, qui écarquillent les yeux.

– Pour votre gros lot!

– Le gros lot?... s'étonne Alfonso, qui rapidement attrape la poche et se reprend. Ah oui! Oui! J'avais oublié: le gros lot près de la fourrière. Oui, oui, c'est là qu'on va. Viens, Ti-Louis!

– J'arrive!

Le porc-épic géant laisse filer les deux filous et leur crie en riant:

– Gardez-moi au moins une boîte de *bines*!

Je ris dans ma barbichette de voir déguerpir les deux vieux à grandes *empattées*, et surtout de les voir se sauver avec l'énorme sac. «W-ouf! Je n'aurai pas à y retourner!» Foi de Galoche, j'en ai ras le poil, moi, de jouer le chien de poche!

– Galoche, j'avais raison ! dit aussitôt Arthur, tout fébrile. Imagine : on m'a volé mon ami. J'en ai eu la preuve, il y a juste un moment. On s'en va chez toi ! Je te garde dans mes bras, mais ne jappe pas. Un peu de patience et tu seras libre.

Peut-être ne devrais-je pas croire un mot de ses paroles. Pourtant, mon flair légendaire me suggère tout le contraire. Fidèle à mes instincts, je me laisse tomber au creux de ses bras comme une grosse patate.

QUI AIME BIEN CHAT...IE BIEN !

– Pas trop froid, le chien? me demande Arthur, qui recouvre mon museau avec son avant-bras.

Mon ravisseur m'apparaît de plus en plus sympathique. Pourtant, chemin *ballottant* dans les bras de cet étrange jeune homme, je m'efforce de ne pas fixer ses anneaux. Pas question de retomber sous son contrôle! Et, surtout, j'essaie de garder mon esprit alerte, me rappelant constamment que ce dernier ne m'amène tout de même pas à un pique-nique! Je me répète de nouveau les paroles lancées par Émilie, un peu plus tôt: «Galoche a été kidnappé!» Je ne suis pas si naïf que cela: je sais bien que mon porc-épic géant va demander une rançon, comme dans les histoires à la télévision.

Moi, Galoche, j'espère seulement que le porc-épic Arthur n'est pas un adepte de ces films policiers qu'adorent regarder Émilie et Fabien, où les kidnappeurs demandent toujours beaucoup d'argent: des piles de billets. Une grosse valise pleine, même! Cette image me donne soudain froid dans le dos: avec l'argent de son compte en banque et les billets bien roulés que mon Émilie cache dans le dernier tiroir de sa commode, elle pourrait à peine remplir le fond de la petite sacoche en cuir de sa mère. Bien sûr, Fabien contribuerait: il a un grand cœur! Mais je doute que la mère d'Émilie le laisse donner suffisamment de billets pour remplir plus que sa sacoche. En tout cas, sûrement pas une grosse valise! Marilou, elle, ne donnerait même pas sa chemise-tableau-d'aquarelle-d'unbeau-bleu-bleuet pour me sauver. Quant à Éloïse, la diva, elle ne verserait pas un seul billet, tout comme Monsieur-je-sais-tout. Dans son cas, je ne serais pas surpris de le voir subtiliser quelques billets dans la sacoche.

Bref, mon avenir ne vaut pas cher, si je ne demeure pas vigilant...

– Ne crains rien, Galoche, me rassure le porc-épic, comme s'il lisait dans mes pensées. Fais exactement ce que je te dis et tu dormiras chez toi cette nuit. Tu sais, moi, j'aime les chiens...

Ah! les humains! Ils ont le don de tout compliquer, misère à poil!

Mon cœur fait un bond: je vois soudain luire les lumières du salon de ma maison.

Bien calé au creux des bras de mon ravisseur, je continue de demeurer vigilant. Je connais trop bien les raisons qui ont poussé le porc-épic à démontrer tant d'attention à mon égard : je dois être aussi frais et pimpant qu'un caniche pour qu'il obtienne la plus grosse rançon possible de la part des Meloche.

– Voilà ! fait mon ravisseur, en se glissant contre le mur de la maison. Nous y sommes, mon vieux !

J'ai le museau aplati contre la baie vitrée du salon alors que nous scrutons l'intérieur, mon porc-épic géant et moi. Nous y découvrons la famille réunie au grand complet, ainsi que Pierre-Luc. Tous semblent très nerveux, comme s'ils attendaient l'arrivée de la ministre, la patronne de Marilou...

Une envie folle me prend. J'en ai les poils électrifiés tellement mon idée est dangereuse : « Et si je jappais à tue-tête ? » Les petites fenêtres du bas sont ouvertes ; les Meloche viendraient aussitôt à mon secours. Je tombe presque des bras du porc-épic en l'entendant m'ordonner soudain:

– Galoche, JAPPE !

« Quoi !? » L'instant de surprise passé, j'y vais à pleins poumons :

– WAAAF ! WAAAF ! WAAAF !

Les Meloche se lèvent d'un seul bond.

À son tour, mon ravisseur bondit devant la porte d'entrée.

– WAAAF ! WAAAF ! WAAAF ! WWW...

– C'est assez, c'est assez ! lance le jeune homme en resserrant son emprise sur moi. Tout doux, mon vieux. Tout doux ! Ça va aller...

W-ouf ! Mon excitation est telle qu'il me semble que je tremble dans ses bras, comme tremblait tantôt le paquet de feuilles du rapport de Marilou dans ma gueule. Que faire quand la porte

s'ouvrira? Vais-je tenter de me dégager?
De sauter? De…

– Oui? fait Fabien, qui vient d'ouvrir.

Toute la famille est rassemblée
autour de lui, sauf Sébastien.

– Euh…

– C'est vous, le message «À bientôt!»
et…

Le père d'Émilie sort ma médaille de
sa poche.

– Oui, c'est moi, répond mon porc-épic
géant, qui ne semble pas très à l'aise.

Moi, Galoche, je ne bouge pas. Je
garde simplement les deux yeux et les
deux oreilles bien ouverts.

– Vous êtes un beau, vous: voler le
chien de ma fille!

– Vous êtes pas mieux: voler Tête de
noix!

– Tête de noix?

Fabien semble éberlué, se demandant
ce que l'étrange jeune homme veut bien
dire par «Tête de noix».

– Je peux entrer?

– Euh... vous voulez quoi, au juste? demande le père d'Émilie, sur ses gardes.

– Je resterai pas longtemps..., marmonne le porc-épic géant. Je viens faire un échange.

– Un échange? lance Émilie.

Aussitôt, Fabien demande à tout le monde de retourner au salon. L'instant suivant, il dit à mon ravisseur d'entrer. Ses yeux épient chaque geste du porc-épic.

Dans les bras de mon ravisseur, qui tremblent un peu, il me semble, je traverse le vestibule et débouche dans le salon. Marilou, Éloïse, Émilie et aussi Pierre-Luc sont debout, figés. Je me surprends à les imaginer en gardes, devant une niche à autruche, chacun d'eux vêtu de rouge, avec sur la tête un haut casque de poil noir et, dans les mains, un long fusil.

– Bon, maintenant, jeune homme, dites-nous ce que vous voulez, demande Fabien d'une voix grave mais tout de même posée.

Je sens bien là la sagesse de Fabien: il doit bouillir de colère à l'intérieur, mais il garde son calme. Un peu comme devant Marilou quand elle lui fait une crise pour une crêpe échappée sur le plancher. Il se contrôle pour éviter de voir la situation s'aggraver.

De ma position, j'observe les petits gestes nerveux de bienvenue que m'adresse la famille. Mon regard se porte aussitôt sur Émilie. Ses yeux me fixent: «Tu me pardonnes, mon beau?» Voilà ce qu'ils me disent, je le sens. «Bien sûr, ma Douce!» que je lui réponds aussitôt. Mon message est bien compris: quel joli sourire elle me fait! J'ai tellement hâte de sauter dans ses bras!

Je tourne les yeux vers mon ravisseur. «Qu'est-ce qui se passe?» Ses pics sur la tête et ses anneaux semblent trembler autant que ses bras. « Quelque chose ne va pas ? » Je commence à craindre le pire, un peu comme le reste de la famille.

– Vous êtes venu nous rapporter Galoche ? lance Émilie d'une voix inquiète.

– Quoi ?... fait le porc-épic sur deux pattes, sortant de sa torpeur. Euh...

– Je suis prête à tout vous donner : mon argent, mes vêtements, mon cellulaire, même mon équipement de hock...

– Émilie, pas trop vite ! intervient Fabien, qui garde toute son attention sur le porc-épic.

– Ben, moi, lance vivement Pierre-Luc, qui s'avance vers mon ravisseur et le fait reculer d'un pas, je vais trouver une valise pleine d'argent s'il le faut !

– Pierre-Luc ? s'interpose de nouveau le père d'Émilie, jouant du bras droit comme d'une barrière pour stopper notre jeune voisin. Tu me laisses régler ce problème avec monsieur, d'accord ?

– De toute façon, intervient le jeune homme, je ne veux pas d'argent. Je veux juste récupérer ce que vous m'avez volé !

La famille et moi-même faisons des yeux de grenouille après une déclaration aussi surprenante. Puis tout le monde reste bouche bée en entendant le porc-épic géant crier très fort :

– Tête de noix ? Où es-tu ?...

« Il est vraiment fou, mon pauvre porc-épic ! » que je me dis.

– Aïe !

Un cri de douleur, provenant de l'étage, me fait sursauter dans les bras d'Arthur. Quelques secondes plus tard, je vois Brioche dévaler l'escalier, glisser, rouler, débouler et foncer droit vers moi. Je saisis tout de suite que le chat a décidé de prendre ma place. Sans hésiter, moi, Galoche, je bondis et je vais me réfugier contre ma Douce, qui m'accueille à bras ouverts.

– Ah! Tête de noix! s'exclame le porc-épic sur deux pattes. Où étais-tu passé? Je commençais à craindre que le petit sacripant t'ait fait mal. Booon chat!

Dans les bras de son ami Arthur, Tête de noix file le parfait bonheur; comme moi dans ceux de ma Douce.

– Mon beau Galoche! fait Émilie en me caressant. Jamais plus je ne vais te laisser de côté! Même pas pour te faire une surprise, ajoute-t-elle en me lançant un clin d'œil.

– Moi non plus, c'est promis! renchérit Pierre-Luc à ses côtés.

A... A... ATCHOUM!

– Un peu de mon remède miracle? me lance le porc-épic, radieux, sortant son petit flacon d'une poche de la longue veste de cuir et de guenilles.

A… A… Ah non! Pas ça!

Heureusement pour moi, toute la famille s'interpose rapidement en poussant de hauts cris et l'empêche de me servir son fameux «remède»!

Le temps des retrouvailles terminé, notre bon-gros-grand-barbu-ami Fabien demande au porc-épic sur deux pattes d'éclairer un peu sa lanterne.

– Il ne s'appelle pas Brioche, votre chat?

– Pas du tout! C'est Tête de noix.

– Mais, dites-moi, jeune homme, comment se fait-il qu'un ami de mon fils lui ait donné votre chat?

– Donné mon chat? fait le porc-épic dont les aiguilles tremblent de colère sur la tête. Il me l'a volé!

– Qu'est-ce que vous dites?

– La vérité, m'sieur! J'ai perdu mon chat juste à côté de votre maison, au début de la soirée. D'habitude, Tête de noix me suit comme un chien. Mais là, il ne revenait pas. J'ai eu l'impression que quelqu'un l'avait appelé. Je me suis approché, puis votre chien a hurlé comme un fou après moi et je me suis sauvé.

Moi, Galoche, je commence enfin à comprendre certains mystères: la voix de Sébastien que j'ai cru entendre, dehors, en début de soirée... et maintenant l'absence du même Sébastien... «C'est pas vrai; il n'a pas fait ça?!»

– J'ai kidnappé votre chien pour être sûr de pouvoir reprendre mon chat.

– C'est grave, ce que vous avez fait, vous savez? dit Fabien. On vole pas le chien des autres comme ça.

– Oui, renchérit Marilou, car Sébastien a sûrement fait entrer votre chat juste par compassion. C'est tout. Il ne voulait pas vous le voler.

– Pas du tout! Vous venez d'en avoir une bonne preuve: mon chat l'a mordu pour se libérer. Vous avez entendu comme moi?... Votre Sébastien a crié de douleur parce que Tête de noix le mordait, j'en suis sûr! Puis, avant de glisser mon message sous votre porte, tantôt, je l'ai vu, votre garçon.

– Quoi?

– Oui, après avoir été porter votre chien chez moi, au parc, je suis revenu. J'ai fait le tour de la maison. J'ai vu votre fils avec Tête de noix dans ses bras, dans votre cuisine; j'ai frappé à la fenêtre. Je lui ai fait signe que c'était mon chat, de venir m'ouvrir, de me le rendre: il est parti en courant sans me répondre. C'est là que j'ai décidé de mettre mon plan à exécution: faire l'échange.

– SÉBASTIEN? crie aussitôt Fabien.

– SÉBASTIEN!? renchérit Marilou, me défonçant presque les tympans.

Une petite voix faible se fait alors entendre, tout en haut de l'escalier.

– Euh... j'ai pas le temps. J'ai... j'ai une expérience à faire pour mon laboratoire de demain, à l'école...

– TU DESCENDS! ordonne un Fabien hors de lui. ET TU M'EXPLIQUES TOUT, MON GARÇON!

Je n'en reviens pas. Je veux bien croire que j'ai durement touché l'orgueil de Sébastien en le faisant culbuter dans la chambre d'Éloïse, mais jamais je ne l'aurais cru capable de se servir d'un pauvre chat pour se venger de moi! Je comprends que Fabien soit en furie.

Soudain, Monsieur-je-sais-tout fait son apparition; il descend lentement l'escalier, l'air aussi piteux et frileux que moi tantôt, je t'assure.

– Sébastien, tu m'as bien dit que ce chat t'avait été donné par un ami? lance aussitôt Fabien.

– Oui...

– Quel ami? Je vais l'appeler.

– Euh... ben...

– Sébastien, tu m'as menti?

– Moi? Mais pas du tout! Je vais...

– Écoute, Fabien, intervient Marilou, prenant la défense de son fils, ce n'est pas si grave que ça...

– Comment, pas grave?

C'est la bisbille au salon. La discussion n'en finit plus. Tout à coup, je vois mon ami le porc-épic me faire un clin d'œil et quitter la maison en douce, avec Tête de noix. La dispute s'éternisant, Pierre-Luc retourne aussi chez lui sans saluer la famille.

– Non, ça ne se terminera pas comme ça! répète Fabien, maintenant aux prises avec le trio infernal au complet. On fait pas une chose pareille à un jeune homme, si original et bizarre soit-il!

Quelques instants plus tard, moi, Galoche, je ne suis pas fâché de me retrouver dans le lit de ma Douce, en boule, le dos appuyé contre Émilie. Ma place préférée pour passer la nuit.

– Fais de beaux rêves, Galoche!

J'y compte bien, après cette journée épuisante.

– Galoche?

«Oui?»

– Euh...tu trouves pas que ça sent drôle?

Je lève des yeux innocents, mais qui ne peuvent mentir à mon Émilie.

Ah non, pas vrai: un bain!

Moi, Galoche, sentant encore la pomme et la poire, je croyais cette histoire finie... mais pas Fabien! Ni Émilie!

Quelle ne fut pas ma surprise d'être invité par ma Douce et son père, dès le lendemain soir, à rendre une petite visite à mon ami le porc-épic géant, au parc.

– Une petite visite... de courtoisie! m'a alors précisé Émilie, avec un sourire en coin.

Quelle ne fut pas ma grande surprise de voir Sébastien nous accompagner, sans jamais dire une seule méchanceté. En fait, il n'a pas dit mot de toute notre promenade.

Quelle ne fut pas ma très grande surprise d'être témoin d'un événement mémorable...

– Mais... qu'est-ce que tu fais là, toi? demande mon ami Arthur, derrière ses gros cartons, les yeux sortis des orbites.

– Je... je... je...

– Dis-le! intervient Fabien.

Moi, Galoche, tout près, je ris dans ma barbichette.

– Je m'excuse! finit par dire Sébastien, en déposant aux pieds et aux pattes d'Arthur et Tête de noix un gros sac d'épicerie rempli à ras bord.

Le porc-épic jette un coup d'œil rapide à son félin compagnon. Puis, il déclare sur un ton solennel:

– J'accepte ton sac! Mais pas tes excuses! Et déguerpis, avant que je te botte le derrière...

Tout autant surpris qu'horrifié, Sébastien reste immobile.

– Qu'est-ce que tu attends? Des remerciements, peut-être? Un peu de respect pour notre intimité!... Fous-moi le camp!

Sébastien s'éloigne en vitesse; Fabien et Émilie, qui le suivent, se retournent et lancent un clin d'œil vers mon porc-épic géant préféré, qui semble flotter sur un nuage.

«Ils s'étaient déjà parlé!... Ah! Fabien et Émilie: quel duo formidable!»

Et j'imite aussitôt mes grands amis : je cligne des deux yeux, en direction de mon ravisseur. Arthur se met à rire aux éclats. Je vois Tête de noix qui cligne des yeux à son tour. Des CUI-CUI ! émergent des bosquets. Je l'avoue : je quitte le repaire de mes amis le cœur submergé par l'émotion, misère à poil !

Toi qui me lis, tu croyais mon histoire bien finie ? Moi aussi ! Mais pas Émilie ! Ni Pierre-Luc ! Ni les amis de ma Douce !

Une heure après notre retour de cette petite visite au porc-épic, j'entends :

– Galoche ?... Galoche ?... Galoche ?

J'ouvre un œil. Par la fenêtre de la chambre

d'Émilie, je vois le bout d'un ballon tout rouge dans le ciel : le soleil se couche.

– Galoche, mon beau ?

Je reconnais la voix de ma Douce. Je ne comprends pas : elle a quitté la chambre sans que je m'en aperçoive. Je me secoue les puces et file vers la cour arrière, suivant la voix d'Émilie. Je sors rapidement de la maison et je pense m'évanouir en stoppant vite devant une magnifique niche. Un large ruban multicolore la ceinture et forme une boucle géante sur le toit. Trois jolis ballons y sont accrochés.

Je reste sur mes gardes, car j'ai déjà vu ce plus beau cadeau du monde se transformer en cauchemar, foi de Galoche ! J'ai tout de même les yeux pleins d'étoiles, car je reconnais bien la superbe niche que j'ai vue dans le cabanon, la veille.

– Elle est belle, hein ? demande Émilie, toute fière, debout près de la niche.

– Nous y avons mis tout notre cœur, enchaîne Pierre-Luc.

Les deux amis arborent un grand sourire. Je suis ému de les voir dans leur salopette blanche, des outils jaillissant ici et là de leurs habits de travail.

– Bon, comme tu avais déjà vu ~~re~~ niche…, poursuit Émilie, gardant ~~urs~~ le sourire, nous avons pensé ~~ner~~ ton cadeau avant ton ~~ire.~~

~~s'~~élève du fond de la cour. ~~fait~~ en voyant s'avancer, au pas, au rythme d'une musique militaire, Roseline au tambour, Martin à la trompette, Charles au xylophone ainsi que Fabien en chef d'orchestre. La petite fanfare s'arrête près de la niche. La musique cesse. Roseline fait rouler son tambour.

Je sais bien que je ne rêve pas, cette fois, mais je ne peux m'empêcher de penser à Dragster. Je me sens tout bizarre : je suis fou, fou, fou de joie, avec un trac fou, fou, fou en même temps. J'en ai les poils qui se dressent sur ma tête : un vrai porc-épic !...

Je me force pour garder mes yeux étoilés et en faire disparaître tout nuage, car Émilie et ses amis, eux, ne savent rien de mon cauchemar, bien entendu.

– JOYEUX ANNIVERSAIRE, GALOCHE! lance tout à coup Marilou, sortant d̶ la maison avec une paire d'énorm̶ ciseaux dans une main.

Je pense m'évanouir de nouveau. Et avant même que je puisse avoir de terribles pensées – que tu peux facilement t'imaginer ! –, la mère d'Émilie se précipite vers mon cadeau. Le roulement de tambour se fait plus discret.

– Émilie m'a demandé de participer à la fête, malgré nos petits différends, dit Marilou en se plaçant juste devant l'entrée de la superbe niche. Alors, pour te montrer que je ne suis pas rancunière, j'ai accepté...

Le tambour reprend de la vigueur.

– ... de couper le ruban officiel, termine-t-elle, sur un ton solennel.

Marilou joue des ciseaux et le ruban ʼnbe au pied de ma niche.

ʼ fanfare se remet à jouer. J'ai la ʼnouée. Je reste immobile. Je fixe toujours pas de Dragster !

– Voyons, Galoche, qu'est-ce que t'attends? s'impatiente Marilou. ENTRE!

– Maman, intervient ma Douce, laisse-le: tu vois bien qu'il est ému.

– Ah bon..., fait la mère d'Émilie, dont je sens les gros efforts pour faire plaisir à sa fille.

Et moi, Galoche, je fais mon entrée officielle dans la niche, sur le bout des coussinets.

«Une merveille!»

À l'extérieur, j'entends des applaudissements et des «Bravo, Galoche!»; «Tu es un chien courageux!»; «On va venir faire du camping avec toi!»...

Émilie glisse la tête à l'intérieur.

– Elle te plaît, mon beau?

«Et comment!» que je lui réponds, les yeux tout brillants, en essayant toutefois de cacher un petit nuage qui se pointe dans mon esprit...

– Rassure-toi, Galoche, cela ne t'empê-
chera jamais de coucher dans mon lit
chaque fois que tu le désireras.

Elle a tout compris! Une merveille,
cette Émilie, foi de Galoche!

YVON BROCHU

Yvon Brochu a eu deux chiens dans sa vie. De nature plutôt timide, Jessie et Capucine n'ont jamais fugué. Du moins, pas à sa connaissance ! Il faut dire que Yvon et sa famille les ont toujours bien traités… mieux en tout cas que ne le font Marilou et Sébastien dans ce roman. Et cela, malgré quelques mauvais coups des deux chiens : Jessie, chiot, avait fait tomber le sapin de Noël en voulant aller boire dans le pied de l'arbre… Capucine, pour sa part, avait ouvert son cadeau de Noël – un os en caoutchouc – bien avant le réveillon ! Bref, l'amour que porte Yvon aux chiens a sûrement été à l'origine de la série Galoche… et c'est l'amour d'Émilie pour Galoche qui en assure la continuité !

DAVID LEMELIN

Le travail d'illustrateur de David Lemelin est à l'image de la série Galoche : une véritable surprise d'une fois à l'autre! Dans ce cas-ci, on sort littéralement du décor habituel : des ruelles sombres, une histoire de kidnapping, un porc-épic géant... voilà un nouveau défi très stimulant! Évidemment, l'humour est toujours au rendez-vous. À ce sujet, David voudrait en dire davantage, mais... euh... il... il est un peu mal pris : il a un chat dans la gorge!

Auteur : Yvon Brochu
Illustrateur : David Lemelin

Romans

1. Galoche chez les Meloche
2. Galoche en a plein les pattes
3. Galoche, une vraie année de chien
4. Galoche en état de choc
5. Galoche, le vent dans les oreilles
6. Galoche en grande vedette
7. Galoche, un chat dans la gorge
8. Galoche, sauve qui pique!

BD

1. Galoche supercaboche
2. Galoche supercaboche et le club
   des 100 000 poils
3. Galoche supercaboche et les Jeux olympiques

www.galoche.ca

Le Trio rigolo

AUTEURS ET PERSONNAGES :

JOHANNE MERCIER – LAURENCE
REYNALD CANTIN – YO
HÉLÈNE VACHON – DAPHNÉ

ILLUSTRATRICE : MAY ROUSSEAU

www.triorigolo.ca

Marquis imprimeur inc.

Québec, Canada
2008